AF337018

# DISCOURS
## PRONONCÉ
## DANS L'ACADÉMIE
## FRANÇOISE,

Le Jeudy trente-uniéme Janvier MDCCIV.

*PAR MONSIEUR LE COADJUTEUR DE STRASBOURG,*
*lorsqu'il fut receu dans cette Académie, à la place*
*de feu M.* PERRAULT.

A PARIS,

Chez JEAN BAPTISTE COIGNARD, Imprimeur & Libraire
ordinaire du Roÿ, & de l'Académie Françoise, ruë S. Jacques,
à la Bible d'or.

M. DCCIV.

AVEC PRIVILEGE DE SA MAJESTE.

*MONSIEUR* LE COADJUTEUR DE
STRASBOURG *ayant esté élû par Mes-*
*sieurs de l'Académie Françoise, à la place de*
*feu M.* PERRAULT, *y vint prendre seance*
*le Jeudy* 31. *Janvier* 1704. *& prononça le*
*Discours qui suit.*

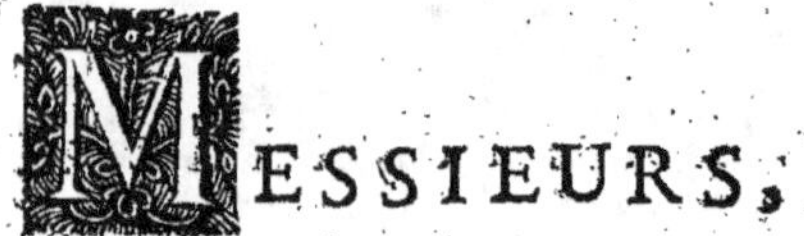ESSIEURS,

Le public qui s'interesse à l'honneur de
voſtre Compagnie, qui connoiſt le prix de
vos ſuffrages, & qui voit l'ardeur avec la-
quelle on s'empreſſe de les meriter, s'étonne-
ra peut-eſtre que j'aye differé ſi long-temps

A ij

à vous marquer, combien je suis sensible à la grace que vous m'avez faite. Je ne me le pardonnerois pas moy-mesme, & rien ne pourroit me justifier, si vous n'aviez approuvé, avec autant de bonté, que de justice les raisons qui m'obligerent à partir pour une Province éloignée, dans le temps que vous m'honoraftes de voftre choix. Raisons fondées fur des devoirs, si indispenfables, que bien loin de m'excufer, fi je les avois facrifiées à ma reconnoiffance, vous m'auriez fait un crime de mon empreffement ; & je fuis fûr que vous approuverez encore celles qui ont retardé mon retour.

La gloire du Roy, MESSIEURS, eft l'objet de vos plus nobles occupations ; Pouvois-je quitter des lieux où je la voyois croiftre chaque jour par de nouvelles victoires ? Pouvois-je me difpenfer d'y rendre au Seigneur de publiques actions de graces pour ces heureux fuccés ; & ne fçavois-je pas que vous me reverriez avec d'autant plus de plaifir, qu'ayant efté, pour ainfi dire, tefimoin de tant de prodiges, je pourrois vous en faire un plus fidelle recit ?

J'admirois un jeune Prince animé de

l'esprit de LOUIS LE GRAND, conduit par sa sagesse, & superieur à tout, par son propre courage. Brisach, cette fameuse ville que l'art & la nature sembloient avoir mis à couvert des plus puissants efforts, & que deux armées reünies ne purent autrefois forcer, se soufmettoit à ses armes victorieuses. Ces montagnes escarpées, dont tant de remparts entassez l'un sur l'autre défendoient les approches, s'abbaissoient devant luy. Ce fleuve impetueux qui entoure de ses eaux cette Place redoutable, le respectoit, comme il a respecté tant de fois son auguste Ayeul & son auguste Pere. Tant de difficultez ne servoient qu'à rendre son triomphe plus éclatant & à justifier en mesme temps la timide, mais sage précaution de ses ennemis, qui au seul bruit de son nom, abandonnerent un poste qu'une riviere & de profonds retranchements auroient dû rendre inaccessible. Dignes exploits d'un jeune Heros qui a LOUIS pour guide dans la route de la gloire, & qui asseure à la France la continuation du bonheur dont elle joüit!

Aprés cette conqueste nostre armée s'avance, les travaux & les perils redoublent

ſes forces & ſon audace. Ce n'eſt pas aſſez
pour elle de s'eſtre aſſeuré un paſſage auſſi
avantageux pour la France, & pour un
Prince ſon allié, que fatal à ſes ennemis, il
faut encore qu'elle rende la tranquillité à
nos frontieres, & qu'elle leur faſſe gouſter,
au milieu de la guerre, toutes les douceurs
de la paix. La force de l'importante Place
qu'elle oſe attaquer, le nombre des Ennemis qui la défendent, l'abondance de tout
ce qu'il faut pour rendre un ſiege long &
penible à des aſſiegeants, les rigueurs d'une
ſaiſon avancée, rien ne l'arreſte, elle vole,
ſûre de vaincre, parce qu'elle execute les ordres de ſon Roy. Déja la place eſt preſte à
ſe rendre, elle ne ſe ſouſtient que ſur les aſſu-
rances qu'on luy donne d'un prompt ſecours. Ce ſecours arrive; troupes aguer-
ries, ſuperieures en nombre, animées par la
preſence & par l'intrepidité de leurs Souverains, elles ſe promettent une victoire entiere, elles veulent nous ravir noſtre con-
queſte, elles ne font qu'en augmenter l'é-
clat.

Heureuſe fin d'une campagne, qui nous
marque ſiviſiblement la protection du Ciel

sur la France, que nos Ennemis les plus déclarez ne peuvent s'empêcher de la reconnoistre; quelques efforts qu'ils fassent pour abuser les peuples, victimes innocentes de leur ambition!

C'est à la Religion de nostre Prince que nous devons cette protection toute particuliere, & que de nouveaux évenements rendent encore chaque jour plus sensible. Quelles marques éclatantes de sa pieté ne voit-on pas en tous lieux, & sur tout dans ceux où ses bienfaits m'ont attaché? Le vray culte restabli, des Autels relevez, les Temples ornez de presents magnifiques, tant de Ministres du Seigneur entretenus par ses liberalitez, tant de Villes renduës, pour en conserver une seule; moins dans la vûë de rendre ses frontieres plus impenetrables, que dans l'esperance de la ramener un jour à la verité, dont elle s'est éloignée depuis près de deux siecles.

Où m'emporte mon zele Messieurs, & comment osé-je m'abandonner au penchant de loüer ce Grand Roy, avant que d'avoir appris de vous à le loüer dignement?

mais ce penchant, tant il est naturel, entraîs-
ne d'une maniere si imperceptible, que le
cœur laisse à peine à l'esprit le temps de la
reflexion. Je me renfermeray donc dans les
sentiments de respect & d'admiration que
ses vertus m'inspirent, independamment des
graces que sa main puissante & liberale ré-
pand tous les jours sur ma famille & sur
moy en particulier ; & j'honoreray par
mon silence ce qu'il me sera peut-estre permis de celebrer un jour, instruit par vos Le-
çons, & excité par vos exemples.

Ce n'est pas le seul avantage que j'espe-
re de trouver parmi vous, Messieurs ;
je sçay que l'on apprend icy parfaitement à
annoncer aux peuples la doctrine sacrée, en
des termes capables d'augmenter la vene-
ration qu'elle inspire, & c'est le principal
attrait qui doit engager un Evêque à prendre place parmi vous. Je sçay qu'en tout
genre de litterature c'est icy qu'il faut venir
pour s'éclaircir de ses doûtes, pour redresser
ses jugements ; que sous les Loix d'une
agreable societé, il s'y fait un commerce
d'esprit, où chacun trouve à s'enrichir; que
tout y excite une noble émulation , que
l'on

l'on y perfectionne noſtre langue & qu'enfin c'eſt la veritable ſource où l'on prend le
gouſt du vray, & l'idée de la parfaite éloquence.

C'eſt avec de ſi grands Maiſtres que s'e-
ſtoit formé l'illuſtre Academicien, auquel
j'ay l'honneur de ſucceder. Elevé dans le
ſein des Lettres, il les cultiva avec ſoin dés
ſa jeuneſſe. Dans un âge plus avancé, hono-
ré de la confiance d'un grand Miniſtre, il
ne s'en ſervit que pour accrediter les Muſes,
les approcher du Throſne & attirer ſur elles
les regards & les faveurs du Prince. La for-
tune luy devint-elle moins favorable ; il
ſçut ſe conſoler avec ces meſmes Muſes,
touſjours laborieux & appliqué, touſjours
ſimple & modeſte, fidelle ami, eſſentielle-
ment honeſte homme, parfait Chreſtien.

Peut-eſtre l'accuſera-t'on d'avoir trop fa-
voriſé ſon ſiecle, en élevant les Modernes au
deſſus des Anciens? Mais MESSIEURS, eſt-
il permis de le dire? Si c'eſt une faute, n'eſt-
ce point à vous qu'on doit l'imputer, &
auroit-il jamais oſé avancer ce paradoxe, s'il
n'en avoit trouvé la preuve & la juſtification
dans vos ouvrages, & dans les ouvrages de
ceux meſme qui la luy ont le plus reprochée?

Je vous rapelle le souvenir d'un homme,
également digne de voftre amitié & de voftre
eftime. Je ne me flatte pas de pouvoir vous
confoler de la perte que vous avez faite en
fa perfonne; encore moins de vous dedom-
mager de voftre premiere vûë, dans le choix
de fon fuccefleur : heureux fi je n'augmen-
te pas la gloire de l'un & de l'autre, auffi
bien que vos regrets !

Que ne m'eft-il permis de parler icy de
tant d'autres grands hommes, qui nourris
dans le fein de cette Académie, ont enri-
chi le public & l'enrichiffent encore tous
les jours par leurs écrits; où la fcience dé-
poüillée de cet exterieur rude & fauvage,
fous lequel certains Sçavants nous la pre-
fentent, paroift avec tous les ornements de
la politeffe & du bon gouft, & fçait fe faire aimer de ceux mefme que le feul nom de
fcience rebute ?

Voila les biens que vous procurez, Messieurs, non feulement à ceux qui com-
mencent à partager avec vous le glorieux
titre d'Académicien, mais encore à ceux
que des liaifons particulieres & des con-
jonctures favorables mettent à portée
de vous écouter, ou qui ont au moins

la confolation de vous eftudier dans vos efcrits.

Par là vous rempliffez les hautes Idées du Cardinal de Richelieu. Ce grand genie attentif à procurer la grandeur de fon Mai-ftre & celle de l'Etat, dans le temps même qu'il recule nos frontieres, qu'il impofe la loy à nos ennemis, qu'il captive la mer fous fes digues, qu'il dompte l'herefie jufques dans fes plus fiers remparts, que par les ref-forts fecrets d'une fage politique, immobile en apparence, il remuë l'Europe entiere, unit ce qu'il veut unir, divife ce qu'il veut divifer; tandis qu'il repare avec tant de fplendeur les ruines d'une maifon fondée fous les aufpices d'un faint Roy, mais où l'injure des temps n'avoit refpecté que ce qu'elle ne peut détruire, la fcience & la pie-té; tandis qu'il y joint par une efpece de prodige la magnificence & la fimplicité, la frugalité & l'abondance, qu'il n'obmet rien de tout ce qui peut contribuer à y former cette fçavante Societé, où la verité rend fes oracles, & d'où la lumiere fe repand jufqu'-aux extremités du monde Chreftien : au milieu de tant de ferieufes occupations, il

s’applique encore à faire fleurir les lettres &
les beaux Arts, il vous establit Juges de la
délicatesse & de la pureté du langage, Arbi-
tres Souverains de l’éloquence. Il sçavoit
que la gloire d’une Nation ne consiste pas
seulement à se faire craindre par la force
des armes, & respecter par sa superiorité
dans la science de la Religion ; mais encore à se rendre aimable par les charmes insi-
nüans de la parole.

Suivez, MESSIEURS, comme vous
avez fait jusqu’à present les nobles desseins
de vostre Instituteur : suivez ceux du grand
Chancelier qui luy succeda dans l’empi-
re des lettres, & dont la memoire nous est
si chere & si respectable ; animez-vous encore, s’il est possible, par le desir de meriter
de plus en plus les bontez de celuy qui aux
titres qu’il s’est acquis de Heros, de Con-
querant, d’Arbitre de la paix & de la guerre, de Défenseur de la Religion, de Protecteur des Rois, a bien voulu joindre le titre
de Protecteur de cette Académie. Puissent
vos éloges répondre à ses vertus & à sa gloire, comme ses vertus & sa gloire répondent
à nos vœux ! Puissent enfin nos vœux ob-

tenir pour noftre bonheur & le bonheur de
la France, que le regne d'un si grand Roy,
d'un si bon maiftre, d'un si augufte Protecteur foit auffi long qu'il eft glorieux!

## F I N.

---

### PRIVILEGE DU ROY.

LOUIS, par la grace de Dieu, Roy de France & de Na-
varre: A nos amez & feaux Confeillers les gens tenans nos
Cours de Parlements, Maiftres des Requeftes ordinaires de noftre Hoftel, Prevoft de Paris, Baillifs, Senefchaux, Juges, leurs
Lieutenants & autres Officiers qu'il appartiendra, SALUT: Noftre
bien amé JEAN BAPTISTE COIGNARD, noftre Imprimeur
ordinaire en l'Univerfité de Paris, Nous ayant fait remonftrer
qu'il auroit efté receu avec noftre agrément pour remplir la palce
d'Imprimeur & Libraire de l'Académie Françoife à la place de
feu JEAN BAPTISTE COIGNARD fon pere, tant pour continuer
l'Impreffion du Dictionnaire de ladite Académie, que pour imprimer les Difcours & Pieces de Poëfie qui font trouvez dignes
de remporter les Prix qu'Elle donne, & les autres Difcours qui
font prononcez, tant aux Receptions d'Académiciens, qu'en d'autres occafions; & generalement tous les Difcours & Pieces de
Poëfie que ladite Académie veut faire imprimer; qu'il defire-
roit auffi en cette qualité, fous noftre bon plaifir, réimprimer
la Relation contenant l'Hiftoire de l'Académie, avec la continuation jufqu'aujourd'huy, &c. faire une nouvelle édition de tous
les Difcours & Pieces de Poëfie qui ont remporté les Prix les années précedentes, & qui ont efté prononcez par eux qui ont efté
& qui font du nombre des Quarante de ladite Académie. A CES
CAUSES, voulant favorablement traiter l'Expofant, Nous
luy avons permis & accordé, permettons & accordons par ces
Prefentes d'imprimer ou faire imprimer lefdits Difcours, & Pieces de Poëfie qui ont déja efté imprimez, & autres que l'Académie voudra faire imprimer à l'avenir, tant de par elle que dans les
Receptions des Académiciens, mefme la Relation contenant

l'Hiftoire de ladite Académie, & la continuer jufqu'à prefent, en
tels volumes, marges, caracteres, & autant de fois que bon luy
femblera pendant le temps de VINGT ANNÉES confecutives,
à commencer du jour que chacun d'iceux fera achevé d'eftre réim-
primé ou imprimé pour la premiere fois, iceux vendre & debiter
par tout noftre Royaume. Faifons deffenfes à tous Imprimeurs-
Libraires & autres de quelle qualité qu'ils foient, d'imprimer ou
faire imprimer, ou réimprimer, vendre ni debiter lefdits Difcours
de Profe & Pieces de Poëfie, Relation de ladite Hiftoire de l'A-
cadémie ou autres Ouvrages que ladite Académie compofera cy-
aprés, fous quelque prétexte que ce foit, mefme en confequence
de nos anciennes Lettres cy-devant accordées à feu PIERRE LE
PETIT en ladite qualité d'Imprimeur de ladite Académie le 29.
Septembre 1675. aufquelles nous dérogeons par ces Prefentes,
nonobftant le Reglement du 27. Février 1665. ni d'en vendre d'impreffion étrangere & autrement fans le confentement dudit Expofant, on de ceux qui auront droit de luy, fur peine de confifca-
tion des Exemplaires contrefaits, deux mille livres d'amende, dé-
pens, dommages & interefts, à la charge de mettre deux Exemplaires de chacun d'iceux en noftre Bibliotheque publique, un en
celle de noftre Cabinet du Chafteau du Louvre, & un en celle de
noftre tres-cher & feal Chevalier Commandeur de nos Ordres le
Sieur BOUCHERAT, Chancelier de France, à peine de nullité des
Prefentes, du contenu defquelles vous mandons & enjoignons
faire jouïr l'Expofant & fes ayant caufe, pleinement & paifible-
ment, ceffant & faifant ceffer tous troubles & empêchements à ce
contraires. Voulons qu'en mettant au commencement ou à la fin
defdits Livres l'Extrait des Prefentes, elles foient tenuës pour deuë-
ment fignifiées, & qu'aux copies collationnées par l'un de nos
amez & feaux Confeillers Secretaires foy foit ajouftée comme à
l'Original. Mandons au premier noftre Huiffier ou Sergent fur
ce requis, faire pour l'execution des Prefentes tous Exploits,
faifies, deffenfes, & autres actes neceffaires, fans demander autre
permiffion : Car tel eft noftre plaifir. DONNE' à Verfailles le deu-
xiéme jour de Juillet l'an de grace 1693. & de noftre Regne le cin-
quante & un. Par le Roy en fon Confeil, BOUCHER.

*Regiftré fur le Livre de la Communauté des Imprimeurs & Li-
braires de Paris, fuivant l'Edit de 1686. le fixiéme jour de Juillet
1693. Signé, P. AUBOUYN, Syndic.*